시의

인기척

시의 인기척

ⓒ이규리

초판 1쇄 발행 2019년 4월 30일
초판 3쇄 발행 2023년 7월 28일

지은이 이규리
펴낸이 김민정
편집 유성원 김필균
디자인 한혜진
저작권 박지영 형소진 최은진 서연주 오서영
마케팅 정민호 박치우 한민아 이민경 박진희 정경주 정유선 김수인
브랜딩 함유지 함근아 박민재 김희숙 고보미 정승민 배진성
제작 강신은 김동욱 이순호
제작처 한영문화사(인쇄) 경일제책사(제본)
펴낸곳 난다
출판등록 2016년 8월 25일 제406-2016-000108호
주소 10881 경기도 파주시 회동길 210
전자우편 nandatoogo@gmail.com **인스타그램** @nandaisart **페이스북** @nandaisart
문의전화 031-955-8865(편집) 031-955-2689(마케팅) 031-955-8855(팩스)

ISBN 979-11-88862-41-2 03810

시
의

인
기
척

**이
규
리
아
포
리
즘
—
1**

ㄴㄴ〉〈ㄷㄴ

차
례

둘러보면 파편으로 차 있는 일상 가운데 그 안의 삶은 어떻게든 맑게 눈뜨고 싶다는 믿음이 컸던 것 같다. 이 글은 그 믿음을 위해 스스로 질문하고 대답한 흔적들이다.

오래전부터 노트에 메모되었던 글들이 모였을 때 그 흔적이 아픔이고 견딤이었다는 것을 알았다.

시詩가 다 말하지 못했던 생각에 대해, 그리고 말해도 닿을 수 없었던 세계를 향한 이 글들을 '아포리즘'이라 일괄해보았다.

일반 아포리즘이 주는 교훈적인 내레이션을 벗어나고 싶었고 얼마간은 실제와 이미지와 인식이 춤추는 말을 감각적으로 받아적는 편에 기울었다.

시인은 시로써 살지만 더 정확하게는 시를 품은 인식으로 산다. 이때의 인식은 실천 가능한 삶까지를 아우른다. 이 글들은 그 인식으로 차오르던 순간의 성찰인 셈이다.

그러므로 어떻게 보면 시였다가, 달리 보면 약속이었다가, 다시 보면 당신에게만 속삭이는 비밀이기도 하다.

바람이라면 함께했던 고통과 희열과 발견의 이 기록이
사랑이었으면 좋겠다는 생각이다.

글을 쓰는 동안 누추했던 내가 깨끗하고 가벼울 수 있
었다.
많게는 온전한 기쁨에 떨었다.
문학의 힘, 언어의 선물이라 여긴다.

2019년 4월

이규리

1
부

떠오른

이미지를 잡으러

기꺼이

나비가 되는 사람

정오는 그림자를 어디에 얹어두었을까.

떠오른 이미지를 잡으러 기꺼이 나비가 되는 사람. 자신이 잠시 경험한 것이 천국임을 스스로는 모른다. 천국은 그렇게 성립한다. 천국도 이미지에 다름아니다.

사진작가처럼 동일한 위치에 카메라를 고정시켜놓고 같은 시각에 셔터를 눌렀다. 강물과 햇살, 흔들리는 나무와 구름, 한 달 동안 찍은 서른 장의 사진을 비교했을 때 거기엔 자연의 변화 이외에 다른 요소들이 틈입해 있었다. 분명히 풍경을 찍었을 뿐인데 함께 담긴 슬픔 또는 알 수 없는 수런거림은.

어떤 한 모습이 나의 전부가 아니듯 사진 속 풍경이 풍경의 전부는 아니다. 풍경은 우리에게 무엇도 먼저 말하거나 요구하지 않았으나 피사체를 두고서 우리는 자의적으로 풍경을 해석했다. 그러할진대 어느 날 그것이 오해였다고 어떻게 진실이 그래, 라고 울부짖는다면 풍경은 뭐라 할 것인가.

대상이 고정된 존재가 아니듯 풍경도 살아 움직이는 유기체였다. 눈에 보이는 것, 귀에 들리는 것만 믿었던 때도 있었다. 우리가 현상 너머를 꿈꾸고부터 불행에 편입되었으나 의심하고 부정하면서 지나온 풍경은 나의 것이 되었다. 너무 일찍 온 생리처럼 두려움과 아픔 사이로 오는 그 세세한 풍경들에게 묻는다. 나는 나를 지나갈 수 있을까.

자의식은 평생 따라다니는 질병 같은 거다. 그 세포는 증식하거나 분열하지도 않은 채 곳곳에 눈뜨고 있다. 자의식은 자의식을 부정하며 받아 안는다. 측은한 점은 그 고단한 대가가 자신에게 누적된다는 것이다. 백합꽃을 보면 자의식을 가진 자의 고독한 태도가 보인다. 고개가 늘 무겁다. 자의식은 위로받을 수 없고 수혈받을 수도 없다. 전염성은 더욱 없다. 아픈 의식의 티눈. 나는 나에게 늘 미안하다.

이른 새벽 산책길에서 줄지어 선 가로등의 전깃불이 팟! 하고 일제히 꺼지는 순간, 불 꺼진 자리에 잠시 고이는 어둠을 지우자 한 사람이 시선에 들어왔다. 그저 운동복 차림의 사람들이 지나다니는 이곳에 형광빛이 도는 흰 와이셔츠에 검정 정장바지를 입은 남자가 벤치에 있었다. 정물처럼 고정된 뒷모습이 카메라의 줌처럼 확 당겨왔다. 젖은 물소리가 들렸다. 어떤 절망이 저토록 아름답다면 우리가 절망을 피할 필요가 있을까. 비참이 매혹이 될 때까지 숨어서 보았다. 서늘하고 길었다. 아름다움이 추위처럼 파고든다.

평소 순한 짐승이 난폭해지는 건 환경이 맞지 않다는 증거다. 그 난폭성을 내부로 돌리는 자학 또는 자해란 보통 선량한 사람이 선택하는 방법이다.

고수부지 잔디에 앉아서 피자를 주문하고, 배달된 프라이드치킨을 먹는다. 제초 작업하던 사람들이 아이스커피, 하면 스쿠터를 탄 젊은 여자애가 쪼르르 배달을 오는 일은 이미 새롭지 않다. 그들이 마시는 건 커피만이 아니다. 어떤 논리보다 앞선 갈증과 해갈은 육체가 관여한다. 오늘, 강변 둔치에서 축구 시합 끝낸 선수들이 짜장면을 시켜 먹는다. 반경 10미터에 냄새처럼 달려든 여자 구경꾼들과의 희롱. 허기는 또다른 허기를 향한다. 아무렇게나 밀쳐둔 그릇들처럼 입을 벌리고 기다리는 식욕과 성욕.

목줄을 놓친 개 주인과 목줄을 놓아버린 개 주인은 다르다. 진실 공방은 무의미하다. 자의와 타의, 거짓과 진실은 서로 바꿔치기가 가능하다. 은폐된 고의는 자신에게 목줄이 되어 죄어오리라.

정도란 걸 벗어나면 어떻게든 그 여파가 자신에게 돌아
온다. 정신적인 면만 그런 게 아니다. 마스카라가 너무 짙
어 눈가에 먹물이 번진 건 적당하지 않아서다. 또한 귀에
뚫은 구멍이 늘어나 늘어난 구멍에 맞추기 위해 귀걸이는
점점 커져야 한다. 그러지 않으면 이미 늘어난 구멍이 측
은하다. 대가는 유형만이 아니다. 몸은 기억이 명확하고
습관은 기억이 실행된 흔적이다.

디퓨저의 향은 차츰 휘발하여 나중엔 빈병만 남는다. 액체에서 기화할 때 향을 가지고 나가도록 한 건 아름다운 발상이다. 내가 향수를 좋아하는 건 휘발하는 성질 때문인데 스스로 남아 있지 않도록 만들어진 존재, 귀한 존재는 오래 남으려 하지 않는다.

　우리에 갇힌 야생동물은 야성을 상실한다. 아버지라는 우리 속에서 내가 상실한 야성은 투쟁이다. 스스로의 먹이조차 마련하지 못하고 발톱을 잃어버린 채 살아가는 일은 아버지의 몫이 아니라 나의 몫이다.

비 오시는 날은 무얼 자꾸 정리하려 한다. 젖으므로. 그럴 리 없는 것도 젖으므로. 그런 연유, 어떤 절대라 여기며 흔들림을 떨림으로 한 땀씩 꿰매었던 낮과 밤이 있었다. 그 부질없음. 한끝을 잡고 당기면 단숨에 풀리는 실마리가 어느 날 헛된 바느질을 멈추게 했다. 이미 반이나 지나간 후였다. 어떤 회복은 원상복귀가 아니라 절단과 정리다.

너는 내가 아팠느냐, 나는 네가 슬펐다.

관계가 이루어지면서 원하지 않는 먼지가 일어나지요. 사람 사이에서 일어나는 먼지, 내 기침이 다른 사람을 방해하는 건 견딜 수 없어요. 내가 혼자가 되려는 이유는 나에게 있어요.

캔맥주 하나 들고 강가에 서는 시각, 운이 좋으면 일몰 속으로 황홀하게 빠질 수 있다. 일몰은 매혹하는 처연함 때문에 순간만 허락되었을 것이다. 한차례의 곡이 지나간 후, 어둠은 더 빠르고 깊숙이 온다. 그때 강물은 슬픈 사람처럼 돌아누워 물 이불을 당긴다. 맥주 한 모금이 내장을 따라가는 소리와 강어귀 물살 찰박이는 소리.

내가 너를 먼저 생각한다면 조금 더 잘 죽게 될 거야.

　태풍 상륙, 블라인드 위로 거칠게 일렁이는 나무들을 본다. 그림자가 더 많은 말을 하고 있다. 어디로 가지도 못하는 나무들은 혼신으로 흔들리며 의지를 다하고 있었다. 그동안 멀리 달아나려 했던 마음, 달아났던 마음, 돌아온 마음 들이 웅성이며 시간을 견디고 있었다. 안간힘으로 내가 있었다. 프랑시스 퐁주는 말한다. "나무에서 나오는 방법은 나무를 통하는 길뿐이다."

복잡한 엘리베이터에서 고개를 돌리다 옆 신사의 양복 어깨에 내 입술이 묻었다. 그는 그걸 달고 종일 업무를 보고 귀가도 할 것이다. 말하지 못한 미안과 보이지 않는 질책이 종일 따라다녔다. 오해는 절반 이상이 소모다.

병病 안에서 병이 잘 보인다. 병든 사람이 건강한 이유
이다.

페터 빅셀의 『책상은 책상이다』를 보면, 침대를 사진이라 하고 책상을 양탄자라 했다. 의자는 시계라 하고 신문을 침대라 불렀다. 거울은 의자라 하고 시계는 사진첩이라 불렀다. 내가 당신을 고통이라 부르고 아침을 무덤이라 부르며 책을 장미라 한다면, 고통은 무덤에서 장미를 피울 수 있다는 말이니.

르네 마그리트의 그림 중 〈꿈의 열쇠〉(1936)에는, 네 가지 오브제가 한 구획 안에서 이미지를 보여주고 각기 그 이미지들에 어린이 그림책처럼 명칭을 붙여 놓았다. 처음 세 가지 오브제는 틀리게 명명되어 있고 나머지 네번째 경우는 오브제와 명칭이 일치한다. 말馬은 The door, 시

계는 The wind, 주전자는 The bird, 그리고 여행용 가방
은 the valise라 쓰여 있다.

비슷한 시기에 살았던 이 두 사람은 낯설게 하는 일의
은밀한 즐거움을 일찍 알았겠다. 열심히 베끼던 은유와 환
유는 여기 이 놀음에 다 있다. 르네 마그리트는 「단어와 이
미지」라는 글에서 말한다. "대상은 그 이름이나 이미지가
가지는 똑같은 기능을 결코 완성하지 못한다." 완성하지
못하므로 시인들은 그 일에 죽자고 매달려 있다.

목이 긴 기린은 성대가 일찍 퇴화해 울지도 못한다. 더 멀리 보고 더 많이 살피는 이유가 자신의 장애를 보완하기 위해서리라. 세 시간밖에 자지 않는 이유도 거기에 있다. 자기 안에서 세계의 밖을 살피는 울지 못하는 시인의 자리와 비슷해 보인다.

당신의 책을 복사해 읽는 시간, 당신이 줄 친 대목에서
혹 숨이 멎을 때, 영혼의 부딪힘이 있다면 그 순간일까.

누추한 부모님을 보자 마구 통증이 밀려왔다. 어떤 가망
도 없는 사랑은 왜 이토록 강렬한가.

매장에 옷을 단 몇 벌만 걸어둔다면 그 옷은 명품으로 보일 것이다. 미니멀리즘을 선호하는 것도 잡다함이 식상하기 때문이다. 희소성의 가치를 알면서도 실천하지 않는 이유는 뭘까. 결국 하고 싶은 말을 참지 못하기 때문이다. 견딜 수 없는 말의 홍수. 본질은 설명을 덧붙이기보다 설명을 줄일 때 드러날 것이다. 시도 마찬가지다.

같은 풍경을 보고 이토록 다양한 해석을 할 줄이야. 같은 현상을 두고 이토록 절망적인 편견을 가질 줄이야. 특히 보수와 진보에 대한 피 터지는 갑론을박은 같은 나무에 달린 다른 열매처럼 보인다.

아침에 본 날개가 노란 새, 아침에 먹은 노란 알약, 표지
가 노란 노트. 의미 없는 일에 의미를 부여하는 일은 어떤
공통성으로 자신을 위로하고 싶기 때문이다. 어느 색채심
리학에서 노란색은 소통을 뜻한다는데 소통하지 못하는
심리가 은밀하게 노란색을 모았을 것이다.

발가락에 물집이 생기는 건 주로 맨발로 신을 신기 때문이다. 마찰은 어느 쪽엔가 상처를 내고야 만다. 내가 맹목으로 달려갔던 그 여름처럼. 시나 삶에도 양말을 신겨주어야 하리라. 양말이라는 여백, 양말이라는 상징, 양말이라는 메타포.

당신은 나를 사랑한 게 아닙니다. 당신은 나를 절망한 적 없이 보송보송한걸요. 한 사람 건너 지워질 사랑, 그토록 온전하다면 그게 절망이지요. 그러니 난 갈 수 없어요.

책상 위에 커피를 쏟아버렸다. 젖은 책과 젖지 않은 책, 더 가까운 쪽이 늘 더 많이 젖었다.

그냥 당해주면 안 되나. 좀 당해주면 안 되나. 수고한 적 없이 꽃을 보았는데, 보낸 마음도 없이 빛을 받았는데, 좀 당해주면 안 되나. 좀 쓰러지면 안 되나. 난해하면 좀 안 되나.

　나는 아닐 불不 자를 좋아한다. 불안, 불편, 불리, 부족, 불
가능 등. 그 단어들을 오래 함께 의복인 양 입을 것이다. 불
안은 이미 일상이 되어 있고 불편은 또다른 편안이라 안
다. 불리는 그것이 타인을 이롭게 하는 일이며, 부족은 넘
치지 않는 가벼움이라 좋다. 의도하지 않았으나 문학의 자
기희생 자기 불리가 은연중 투영된 걸까.

　그러나 좋아하지 않는 불不자도 있다. 불법, 불신, 부정,
부실 등. 이는 어떤 말씀에 의해 구별할 수 있는데 전자가
칼끝을 자기에게로 두고 있다면 후자는 칼끝을 상대에게
로 향하고 있다는 것.

처음에는 사람들이 나를 잊을까 두려웠다. 그다음엔 내가 사람들을 잊을까 두려웠다. 그러나 지금은 내가 잊히지 않을까 두려워한다.

어떤 경우에도 불완전한 자의 위치를 벗어날 순 없지만 해답을 구해야 하는 일에 직면할 때면 더 아름다운 쪽을 선택했다. 그러나 이제는 덜 부끄러운 쪽을 선택한다. 그리고 입을 닫는다.

2부

우리가 영

가리지 못하는

슬픔은 두고

숨이 가빴던 그 봄날, 라일락 꽃잎 뒤에 질문을 숨긴다.

에스키모인들의 흰색에 대한 비유는 열 가지가 넘는다.
열 가지의 언어는 열 개의 비유이리라. 열 개의 분열된 자
아이리라. 흰 눈과 살며 흰 눈을 사랑하며 흰 눈을 묵독하
는 방법. 그들에게 흰색은 색 이전에 정신일 것이다.

길들이면서 살아가야 하는 게 관계의 삶이라면 영원히 길들이지 않는 삶을 살아야 하는 게 예술의 삶이다. 길들기 전에 떠나는 일이란 애써 데워놓은 잠자리에서 나와야 하는 것과 같다. 그 속절없음. 약해지면 죽는다. 익숙해지면 다시 죽는다.

보통은 슬프다 말하면서 어느 정도 타인에게 기대려 한
다. 그건 슬픔이 아니다. 진정한 슬픔은 입이 닫히고 출입
이 멎는다. 그후 서서히 암흑을 가르며 물이 고이기 시작
한다. 투명하게 오는 그것, 슬픔은 정화이며 한 뼘 솟은 성
숙이다.

나는 나의 방식으로 당신을 사랑해요. 그러니 보이지 않는 것을 서운해 말아요. 보이는 것에 흡족하지도 말아요. 캄캄했던 아픔과 고난을 넘어 여긴 늘 초입이에요. 언제나 다시 해야 할 시작이에요.

조사_{助詞}의 아름다움, 어미_{語尾}의 애처로움, 허사_{虛事}가 아
닌 허사_{虛辭}들. 하찮은 것이 하찮은 것이 아님을 알아야 한
다. 건방지게 굴었던 부끄러움, 개망초 꽃은 대자연을 받
치는 조사이며 어미이다.

영화를 보는 동안 멀지 않은 곳에서 진도 3.1의 지진이 발생했다는 긴급 재난 정보가 들어왔다. 가까운 곳에서는 땅이 움직이고 다른 한곳에서는 화면이 움직인다. 지진이 영화 속 장면이 아닌가 여겨지기에 이르렀다. 어느새 우리는 영화를 보듯 그 현상을 바라보고 있다.

무슨 상징처럼 당신이 곧 이사를 한다. 먼 곳으로. 강의가 끝나면 모셔다드리던 길, 서럽구나, 익숙해져서 서럽구나. 길을 지우면 당신이 사라질까, 당신이 사라져도 길은 남는다. 당신은 상징, 그러니 언제든 불러오고 언제든 잊기도 하리라. 무심코 창을 열었을 때 와 있던 흰 눈처럼, 흰 눈을 대하는 영원처럼.

아픔이 아니라면 이루어지겠어요? 이루어진다면 그게
아픔이겠어요? 현상은 자주 가치를 능가해요. 괜찮아요,
그러니 내 아픔을 가져가지 말아요.

연두에 울어요. 음력 3월에 태어난 사람은 혼자 서러워 또 울어요. 연두가 짙어지고 갈 시간이 막막해서 다시 울어요. 그러다가 자신도 모르게 연두를 넘어요. 울음이 색을 꺼냈어요.

난蘭 잎의 휘어짐, 누가 가르쳐주는 게 아니다. 가느다란 몸의 방향이 태생과 함께 곡선을 그린다. 같은 곡선은 없다. 휘어짐이 아름답다면 그 내면도 진실일 것이다.

데미안 허스트의 나비들은 등에 핀을 꽂은 채 액자 안
에서도 알을 슨다. 삶의 어떤 비의도 감추어두지 않겠다
는 작가의 의지가 성공했다면 그걸 보면서 느끼는 고통은
육체를 가진 자들 공통의 몫이다. 시는 시인의 등에 매번
아픈 핀을 꽂아야 하리라.

내 늙음이 가족을 안심시키고 있었다.

단맛을 더 달게 하기 위하여 소금을 넣는다. 반대로 짠맛에는 설탕을 넣어 짠맛을 중화한다. 서로 다른 성분들이 도와 합리성을 획득하고 있지만 달리 말하면 본질을 가리는 일이기도 하다. 일상의 경우 그 경험이 소금과 설탕이라는 매개를 적절히 조절하는 지혜로 느껴질 것이나 이런 발 빠른 합리성이 그리 숭고해 보이지 않는다. '적당히'나 '끼리끼리'의 양태를 낳는다. 문학 안에서도 그런 관계의 장면들이 보인다. 그러다 어느 날 소금이 설탕에게 설탕이 소금에게 말한다. 내가 도왔으니 다음엔 네가 해다오. 이번엔 네가 취했으니 다음엔 나를 올려주겠지.

어느 시대나 금기는 있었고 금기를 깨뜨리는 파기도 있었다. 금기하는 자보다 파기하는 자가 늘 비난받았다. 깨뜨리려 했던 일, 깨뜨릴 수 없었던 일, 그것보다 몇 배 좌절했던 일. 시인은 금기를 넘는 자이다. 비난을 무릅쓰고 위험을 선택한다. 단지 그 방식이 근거를 두어야 한다. 상해를 입거나 상처를 얻기도 하지만 그곳은 좀 다른 곳이라 안다. 좀 다른 그곳.

사막은 산악지역보다 더 많은 얼굴을 지니고 있다 한다.

당신이 무표정하거나 침묵할 때 더 많은 마음을 숨기고

있듯이. 혹은 그것이 더 많은 발화이듯이.

존재함으로 불화인, 존재 자체로 불화인 관계들, 나와 나가 그렇고 나와 당신이 그렇고 나와 시절이 그러하다. 나무들은 불화를 껴안으며 상생한다. 껴안지 못해 불화하는 존재에게 아무 말 못하고 그냥 차나 한잔하고 가라 한다.

멸치가 육수에 자신을 다 벗어두고 사라져가는 동안 나
는 외로움을 익히는 법을 배워요. 그러고는 불필요한 허
위를 건져내요.

아이가 기침할 때마다 흰 목련이 하나 달리고 아이의 기침이 극에 달했을 때 나무는 주변을 환하게 밝혔다. 소신공양인 환절기의 감기.

　보이거나 보이지 않거나 상처를 덮는 일에 일회용 밴드는 쓸모 있다. 가끔 상처를 꺼내 알록달록한 밴드를 붙여준다. 그중 관계의 상처가 오래간다. 밴드를 붙이고 있는 동안 모든 너는 달아나라. 달아나라. 휘날리는 눈보라, 거기 누가 다치겠느냐.

비례가 아름다운 건축물 앞에 서면 마음이 춤추는 걸 느
낀다. 빌바오 구겐하임 미술관, 천장은 춤추고 벽은 노래
하고 있었다. 나비 날개 같은 수십 개의 곡면들이 서커스
단원처럼 가뿐히 날아 공중에 떠 있었는데 구조물이 살아
이야기를 건네고 살아 화답하며 공간에 기여하고 있었다.
선과 면이 선율이었다. 저마다 마음들이 날고 있었다. 꽉
짜인 대칭에 익숙했던 시각과 경직해 있던 시선이 일순
해방되며 마침 천창으로 든 빛에 눈이 쩔리고 말았다. 다
시 앞을 못 본대도 암흑이 그 비례를 기억하리라.

엄마가 걸음을 재촉하는데 자꾸 뒤돌아보며 주춤거리
는 아이, 뒤에 오는 어느 허리 구부러진 할머니의 불편한
보행이 아이를 붙들고 아이는 엄마가 붙들고. 같이 붙드
는 일이라도 조금 다르다.

얼마나 멀어지고 싶었으면 그 나무는 보이지 않는 상부에 꽃을 매어달까.

얼마나 사라지고 싶었으면 그 나무는 꽃이라는 일을 잊었을까.

상상력은 판도라 상자 이상이다. 있지 않은 걸 보게 하고 없는 걸 있게 하며 자갈을 햇빛으로 웅덩이를 구름으로 흐르게 한다. 더구나 우울을 별로 바꾸거나 공포를 장미로 보게도 하니까. 그 환상이 언어를 가질 때 시가 된다. 그러나 상자를 열든 열지 않든 괴로움은 저 먼저 와서 기다리고 있을 것이다.

눈을 보는 기분으로 살아간다면, 눈을 만질 때의 마음으로 사랑한다면, 눈이 사라질 때의 고요함으로 죽을 수 있다면.

절문근사切問近思라는 말을 걸어놓고 허기가 어디에 있는지 살펴본다. 물음은 간절하게 하고 생각은 가까운 데서 취하라. 멀리 가려 했던 마음, 알은체했던 기만, 문을 닫아걸고 지금 바로 그 자리를 볼 것. 허기에 달려들었던 하이에나도 고요히 돌아갈 것이다. 벌거벗은 그 지점이야말로 시와 시인의 처소.

나는 슬픔에게 진다. 또 진다. 그런 후 얼레지 꽃 가까이

서 잠이 든다.

여름 햇볕을 피해 자리를 옮긴 일이 그해 내가 한 일이
었다. 언제까지 자리를 옮겨다닐 것인가. 달라지지 않을
땐 방식을 바꾸어야 한다. 벽이라는 자기 구획, 지붕이라
는 자기 변혁, 그건 적어도 차단과 경계라는 변화를 알게
할 것이다. 우리가 영 가리지 못하는 슬픔은 두고.

순간에 맞닥뜨리는 일, 섬광처럼 오는 언어 하나가 순간을 살게 하고 순간을 기록하게 하고 순간을 잊게도 한다. 순간 혹은 찰나란 시간과 공간의 일이면서 동시에 시간과 공간을 벗어나는 일이기도 하다. 언어는 시공의 바퀴에 묻어 굴러가는 먼지 같은 것.

싸움에서 이기는 쪽은 영리해서가 아니라 더 극악해서
이다.

어릴 때 해마다 한두 번은 앓곤 했다. 결석하고 누워 있으면 하루가 유난히 길었다. 천장에 비쳐 어른거리던 해 그림자가 조금씩 물러가 마당에 그늘이 길어지면 식구들이 하나둘 돌아온다. 나는 숨죽이며 아버지 발자국을 기다렸는데 아픈 아이에게 주기 위해 종이봉투에 복숭아 통조림 두어 개씩 사오셨기 때문이다. 달콤하고 매끄러운 살결을 목구멍으로 넘길 때 심장이 먼저 쿵쾅 소리를 냈는데, 통조림보다 더 달콤한 건 아버지가 누워 있는 내 이마를 서늘하고 두툼한 손으로 꾸욱 눌러줄 때였다. 딸자식이라도 몸에 손을 대지 않으셨던 분이 열로 달뜬 내 이마를 만질 때 왜 나는 오금이 쩌릿했을까. 아버지가 아버지

이기 전에 남성으로 온 것일까. 그것이 뭔지 훨씬 나중에야 알았다. 그러나 어떤 용어로 규정하는 건 너무 물리적이다. 그냥 많이 좋았고 쪼끔 야릇했다.

눈 내린 마당을 밟지 못해 쩔쩔매던 때의 순수는 어디

로 갔을까. 어지러운 족적이여.

　인도印度에선 마구간의 말 한 마리가 아프면 다른 말들이 밥을 먹지 않는다고, 비가 오면 우산을 건넬 것이 아니라 같이 비 맞아준다는 말로 받는다. 당신이 홀로 비난받을 때 맨얼굴로 피켓을 들고 옆에 서주는 일, 공동체를 능가하는 영혼의 문제이다.

　발목을 삐었을 때 두통이 사라졌고 대상포진이 왔을 때
는 위장병을 잊었다. 한 아픔이 다른 아픔을 덮어쓰기 하
는 일, 때때로 비껴서 가는 것이 예의라는 걸 몸이 먼저 실
행한다.

　대개 사랑하는 관계 안에서도 어느 쪽에선가 먼저 달아
나려 하지요. 알아차리지 못할 뿐 사랑은 사랑을 의식하
는 순간 이미 떠나고 있어요. 사랑은 상대를 두기 때문이
며 상대가 있다는 건 이기가 존재한다는 말이지요. 저 먼
저 달아날 궁리하는 쪽은 흔쾌히 보내도록 해요. 아이러
니하게도 더 가뿐하게 자유를 느끼는 쪽은 달아난 쪽이
아니라 남은 쪽이라 해요.

어떤 객관성에서도 자신을 제외하지 않아야 한다. 좀더 어려운 쪽으로 자신을 밀 때, 의도적으로 불편에 가담할 때, 그는 반성하고 있다. 곤혹스러운 상황에서 이건 아니라는 자각이 들면 우선 자기를 분리하여 스스로를 불리하게 만드는 건 좋은 방법이다.

그 비탈의 옥수수들은 저절로 자라는 듯 보였는데 '저절로'라는 말은 옥수수를 폄하한 말이다. '저절로'라는 건 없다.

시는 사랑이 아니라 사랑의 실패이다. 머묾이 아니라 떠남이며 설렘이 아니라 무너짐이다. 정확히 그 지점이 시가 나오는 곳이다. 시는 그것들을 일으키려 애쓸 것이며 동시에 어떻게 아름답게 쓰러지는가를 보여줄 것이다.

자녀를 사랑한다면 그 어머니는 스스로 쓰레기통이 되어야 하리라. 세상의 모순과 괴로움을 안고 온 자녀들이 분비물을 토할 수 있는 유일한 도구 혹은 장소.

자기 자식이라 해도 보고 싶거나 그립다고 선뜻 전화기를 들지 못하는 일. 전화를 한다 해도 다 말하지 못하는 일. 그 머뭇거림, 그 지나감이 자녀를 깊게 하리라.

비애란 경건하게 오는 슬픔이며 격렬함이 가라앉고 난
뒤에 뜬 맑은 관념이다. 제사를 준비하는 종부처럼 나는
비애를 성심껏 맞이한다. 비애는 세속 세상에서의 폄훼로
설 자리가 줄어가고 그럴수록 혹자들에게는 더욱 순수를
지닌 가치가 된다.

냄새는 기억이다. 냄새 때문에 우리는 잊었던 사람을 기억하고 잊었던 시간을 불러오기도 한다. 그러나 아무리 그리워도 구웠던 생선처럼 다시 데우듯 그러지는 말라. 그냥 희미해지면 희미한 대로 서늘하면 서늘한 대로, 기억은 기억일 뿐 다시 먹을 수는 없는 것. 아무리 좋아도 다시 데우면 기억도 냄새처럼 비리게 되니까. 비리지 않으면 기억이 아니니까.

죽을 때의 자세는 죽기 전의 태도가 규정한다. "인간의 입술은 그가 마지막으로 발음한 단어의 형태를 보존한다"는 만델스탐의 말은 어떻게 죽어야 하는가보다 어떻게 살아야 하는가에 대한 해답 같다. 나의 마지막 발음은 부디 나를 떠난 것, 내가 아닌 것, 내가 모르는 무엇이기를 바란다.

아픔을 말할 수 있을 때는 아픔이 아니듯 불행을 말할 수 있을 때는 아직 불행이 아니다. 어 어, 저, 저기, 저, 그게…… 절박할수록 더듬거리다 만다. 곡절은 단어나 문장 정도가 아니라 생 전체이기 때문이다.

다 줄 마음이 없는데 줄 것처럼 말하고, 오늘도 그러했

습니다.

어렵겠지만, 관계는 관계에서 나와보면 잘 보인다. 바깥은 관계를 벗어나는 곳이 아니라 더 잘 볼 수 있는 곳이다. 무거운 탁자를 들어내고 난 자리, 환한 통로가 났다.

나는 나에게서 부재한다. 당신들로부터 나는 부재한다.

세계로부터 나는 부재한다. 나는 나를 몹시 사랑했으리라.

몹시 질투했으리라.

추상적인 개념 가운데 가장 맑은 바탕은 슬픔 아닐까. 슬픔이 의식을 통해 감각을 깨우는 일은 퍽 고급스럽다. 조금이라도 기름기가 돌면 슬픔은 저 먼저 떠나고 만다. 정신줄 놓고 있다보면 아득히 멀어 있기 일쑤다. 불러도 가는 슬픔, 돌아보지 않는 슬픔 있다면 먼저 제자리를 돌아보아야 한다. 자신의 허위를 도려내야 한다. 가차없이 전신을 바로 세우고 머리를 조아려야 하리라. 허락한다면 다시 차고 맑은 슬픔에 마음 에이고 싶어라. 머리 빗고 시작하고 싶어라.

3
부

나는 오늘

여러 번 바다를 보았어요,

여러분

어딘가가 줄곧 아프다. 그러나 진단에서는 증세가 나오
지 않는다. 오랜 목록이 될 증세, 불화不和. 나는 격리되고
싶지 않다.

맹목으로 돌진하는 사랑은 과속으로 인해서 위험하기 마련이다. 그때 대상이 되는 쪽에서 한 발짝 물러서야 하리라.

눈이 내려서 나를 용서한다. 눈이 내려서 나를 보낸다. 눈이 내려서 또 내려서 나를 덮는다. 눈은 지상의 뭇 것들에게 베푸는 화해와 용서. 무엇보다 잊었던 자신을 돌아보게 하는 순수라는 장치.

복수초는 제 몸에 열을 내서 주변의 얼음을 녹이며 노랗게 꽃 핀다. 길고 추웠던 2월이 노랑에서 열린다. 생각에도 열이 있다면 그대를 향하는 감각의 모든 집중은 뜨겁고 적막하리라. 넌 열이 날 때 무엇으로 견디니? 열이 아름다운 건 얼음을 배경으로 하고 있기 때문이다. 먼 어머니처럼.

어딘가에 한번 소용이 된 것들은 쓰레기가 된다. 통과한
것이다. 재활용은 인간이 고안해낸 우수한 재생 시스템이
다. 사람에게는 장기기증이 그 사례일까. 그렇게라도 남
아 사용될 수 있다면 나는 나와 불화했던 몸, 만날 수 없었
던 몸에 가만히 깃들고 싶다.

　시가 사람을 변화시킨다고 믿지 않는다. 그저 돌아보게 한다. 잘 돌아보게 한다. 저 어둡고 낮고 누추한 곳에서 어찌 빛이 나오는지. 그 빛 따라가다보면 헐했던 몸의 둘레가 환해진다. 그것이 변화이다.

아물기 직전의 가려움, 그곳을 긁을 때의 쾌감처럼 시의

성감대도 상처 뒤에 왔다.

부모님을 그토록 사랑한다지만 우리는 부모님이 돌아
가신 후에야 비로소 그들을 사랑할 수 있어요. 의무에서
내려왔기 때문이며 평가에서 제외되기 때문이죠. 대신, 용
서받을 대상이 없어졌으니 우리는 평생 우리를 용서할 수
없어요. 따라서 그 사랑은 불가능한 거죠.

동료의 부재를 인식하고 사납게 짖는 개, 저녁의 깊이에 매달려 빨려들어가는 주인의 잠. 한집에서 일어나는 별개의 사건.

　연인들 사이에서는 종종 얼마나 사랑하느냐 묻는 경우가 있어요. 그런데 사랑을 어떻게 설명할 수 있나요. 설명할수록 점점 다른 뜻이 되어가는 걸 어떻게 하나요. 종이는 종이 아닌 것으로 이루어져 있다 하지요. 즉 나무와 물과 바람과 햇빛으로 이루어져 있어요. 마찬가지로 사랑도 사랑 아닌 의심과 불안과 질투와 미움으로 이루어져 있겠어요. 삶도 그러하지요. 그래도 당신이 자꾸 설명하라 하면 침묵을 꺼내들어 보이겠어요. 설명하는 대신 침묵하는 의미를 익힐 때, 우리는 존재 자체가 설명이 되는 지점에 닿게 될까요. 그럴까요.

교향악단의 연주를 일시에 멈추게 하는 은빛 지휘봉, 움직일 때마다 반짝이는 지휘봉은 매혹이었다. 생의 한순간을 저렇게 멈출 수 있다면 그 찰나는 행운일까. 은빛 정지 부호는 또한 치명적이었다. 아름다운 것이 물론 다 옳은 것은 아니나, 죽음이 떠올랐던 그 찰나에 왜 이토록 오래 끌리는 것일까.

천재가 사라지고 스타가 나타나는 세상, 스타는 눈 가리고 수건 돌리는 술래놀이와 같아 보인다. 어떤 수건인지는 중요하지 않다. 수건을 놓아야 하는 위치가 중요하다. 누군가가 뒤에서 분위기를 조종한다 해도 시점을 명확히 해야 하리라. 놓는 위치가 중요한 점에서라면 짐짓 문학과 닮아 보이나 문학은 스타성을 기피한다.

산수국을 가화假花라고도 해요. 진짜 꽃 주변에 가짜 꽃을 둘러 벌과 나비를 유인하지요. 내가 당신을 유인할 때도 가짜를 두르고 있었어요. 상대를 위한 게 아니라 자신을 위한 거였어요, 그런데 생각해보니 그건 다시 상대에게 피워 보내려는 순환의 의미망이기도 해요. 기가 막히는 삶들은 곳곳에서 진행중이죠.

기억은 오류가 가능하고 기록은 수정이 가능하다. 시는
오류와 수정을 초월하고 기억과 기록까지도 초극하는 힘
이 있다. 시가 가지는 유일한 권력.

안과 밖, 밝음과 어둠, 앞과 뒤는 통합이 가능하다. 그러나 참과 거짓은 명제로서만 관계가 성립된다. 참말과 거짓말, 두 가지를 반복하다 내성이 생겼다. 참말과 거짓말이 묘하게 섞이는 지점, 합리화.

흉터는 꺼내보지 않아도 남는 몸이니, 몸은 감추어도 남

는 흉터이니.

카프카는 책을 빌리러 온 사람에게 책을 건네면서 "돌려주시지 않아도 됩니다"라고 말한다. 두세 단계의 배려를 건너뛰어 상대의 부담을 헤아리는 말에서 향기가 난다. 그리고 말년, 그가 요양원에 있을 때 방문한 인터뷰어가 "오늘은 안색이 좋아 보이십니다"라고 말하자 그는 "빌려온 빛에 지나지 않습니다. 그리고 당신의 친절한 말에 대한 반영입니다"라고 말한다. 그의 말은 곧 그의 심연이며 품격이다. 돌려주는 방식이 혹하게 아름답다. 너무 아름다워 나는 외롭다.

시로써 시대를 해석한다면 윤동주의 부끄러움은 선善에 가깝고 김수영의 부끄러움은 진眞에 가깝다. 진은 강직함이며 선은 따뜻함이다. 두 개념은 거의 서로를 공유하고 있다. 이토록 지극함에 이르는 이들의 노력은 수정처럼 맑은 소리로 남는다. 그때 우리가 느끼는 건 공히 미美다.

내가 부재하는 곳에서 가족들의 단란한 모습을 보았을 때 나는 나를 처음으로 의심했다.

'견디고 있다'와 '지나고 있다'는 두 말의 아름다움. '견디고 있다'는 말에는 일견 자기 수고가 포함되어 진정한 성찰일 수 있을까 싶지만, 다시 보면 자기 고통이 포함되어 있다. 그리고 '지나고 있다'는 말은 능동성이 결여되어 보이지만 고요하고 겸손한 자기 정리가 병행하고 있다. 성찰이 담긴 결 고운 태도가 있다. 당신은 견디고 있습니까? 나는 지나고 있습니다. 두 말을 결혼시키고 싶다.

슬픈 일이 없는데 그대 앞에서 슬픈 표정을 짓고 있는 사람은 사랑을 구걸하는 건지도 모른다. 그렇게라도 우리가 기대는 정서라는 건 허약하기 짝이 없는 스티로폼 가림막 같은 것.

나는 인간을 너무 크게 생각했습니다. 우리가 타인을 사랑할 수 있을까요? 죽음을 보고서야 갈등과 배반이 멈추더군요. 살아 그간 우리는 허공에 삿대질을 한 셈인가요.

특정한 사람에게 예외를 적용하는 건 편법이며 그러한 행위에는 다분히 의도가 있다 하겠다. 그러면서 결과가 예상되는 행위를 반복하는 우리의 심리는 감정으로 이성을 가리고픈 심리 때문이며 사사로운 어떤 이득에 가까워서일 것이다. 반복하다보면 그걸 능력으로 착각하게 되고 그래서 멈출 수 없게 된다. 예외에는 늘 자기 함정이 있다는 것.

함께할 슬픔이 없다.

함께할 절망도 없다.

다른 무엇도 그보다 낫지 않을까.

페널티킥 앞에 선 골키퍼의 자리야말로 시인의 자리를 말해주는 듯하다. 어디로 올지 어떻게 튈지 모르는 삶의 총체에 대해 시인은 언어라는 감각 하나만을 믿고 받아내야 한다. 진실로 언어를 믿는다면 골 망은 촘촘하지 않아도 되고 그 품은 두 팔을 벗어나도 좋으리라.

불나방이 통속적으로 비유되고 있지만 달리 보면 이는 죽음을 깨끗하게 완성하고 있다고 할 수 있다. 기꺼이 온 전하게 마감하고 있다. 인간은 어떡하든 푸득푸득 오래 살 아남으려 할 것이다. 우월함이 아니라 누추함이다.

내가 한 거짓말 때문에 그가 하루종일 기분이 좋았다.

좋지 않은 것의 좋은 경우.

가족은 벌레 먹은 사과와 같아요. 누군가는 벌레이고 누
군가는 과육이지요. 상한 부분은 다 같이 엎디어 울었던
그 겨울밤의 눈물자국.

공간을 기하학적으로 분석하면 수직축과 수평축으로 나뉜다. 다시 수직축은 상·중·하로 구분, 종교적이고 신적이며 불변의 공간이라 한다. 그에 비하면 수평축은 우리의 삶에 기여하는 공간으로 좌·중·우 혹은 동서남북으로서 방향을 바꿈에 따라 언제든지 변화가 가능해진다. 모네가 수련 연작을 기획하며 거대한 벽면 크기의 화폭 세 개를 이어 붙인 것도 수평을 확장하려는 의욕이겠다. 가없는 시간 위로 오는 무량의 빛, 천의 빛깔로 일렁이는 호수의 변화를 감상자에게 몰입이라는 한 점으로 선물하고 싶었을 것이다.

내가 무수히 보았던 강이라는 수평적 공간, 그 위에 떨어지는 노을의 수평적인 몸. 몸을 가진 것들이 아름다운 건 소멸하기 때문이다. 마지막 한 점마저 소멸하는 때를 위하여 죽고 다시 태어나는 허무한 반복들, 내일 다시 태어나도 오늘 죽음을 맞는 절명의 처연함으로 강물은 뒤채고 노을은 몸부림치게 붉다.

맑은 날은 밖이 잘 보이고 비 오는 날은 내가 잘 보인다. 비가, 빗소리가 송두리째 스며드는 육체의 이완은 경계 없이 부드럽다. 나는 비를 구부려 악기를 만든다. 삶의 능선이며 누선이었던 애증과 억압과 견딤이 흘러나올 악음, 투닥투닥 홈통 속에 합류한 저 음들의 몸짓은 시의 신음만큼 다채롭다. 신음이 언어로 길을 내기 위해서는 소용돌이치는 시간을 지나야 하고 그런 다음 강에 이르리라. 그러나 그뿐.

비 내림은 분명 어떤 변화인데 상황은 변하지만 본질은 아무것도 변하지 않는, 따라서 짧막하고 얕은 소설처럼 한순간의 기적이며 사라질 흔적에 다름아니다. 그러나 또한 그뿐.

입영 통지서를 들고 연병장을 향해 뛰어가는 아이. 얼마나 되돌아 뛰고 싶을까. 운동장은 실컷 키운 아이를 꿀떡 삼켰다. 잘난 너희는 입을 닫아라.

입대 후 고스란히 싸여 돌아온 사복, 옷에 남은 아이의 냄새를 오래 맡으려고 비닐에 넣는 엄마. 군사우편이란 붉은 스탬프가 기각을 알리는 판결 도장 같다.

만개한 꽃 속을 차마 가까이 못 보겠다. 자궁을 들여다
보지 못하는 것과 같다. 누가 내부를 허락하겠는가. 남겨
두어야 할 것은 남겨두어야 그나마 신비가 남는다.

오늘 바다를 보았다, 라고 할 때 그것이 정말 바다라고 생각하는 사람은 조금 슬프다. 그러나 그걸 바다라고 생각하지 않는 사람은 많이 슬프다. 나는 오늘 여러 번 바다를 보았어요, 여러분.

어떤 불행한 사태 앞에서 '내가 너를 얼마나 사랑했는
데'라고 탄식하는 사람들이 있다. 사랑은 마지막까지 사
랑했다는 카드를 꺼내지 않는 미룸에 있다. 그렇지 않으
면 서둘러 간 패처럼 얄팍하고 민망할 것이다. 더구나 탄
식할 정도의 마음이라면 분명 사랑이 아니다. 사랑은 수
용할 뿐 자랑하지 않는다.

우리의 욕망은 통조림 안에 떠 있는 복숭아 조각들이에
요. 실제보다 더 달콤하고 진짜가 아니지만 진짜라 우길
수는 있는.

빌려 입은 옷은 연하의 남편처럼 그럴싸하나 뭔가 위태롭다. 빌려 입은 옷은 옷과 나 사이의 간극, 꼭 그만큼의 미세한 불편함이 있다. 일상과 파티의 간극처럼 그 간극은 메워지지 않으므로 욕망이 되고, 메워질 수 없으므로 허기가 된다.

우리네 삶이란 얼마간은 남의 옷을 빌려 입는 일이거나 불편을 감수하면서 파티란 것에 참석하는 일이다. 그리고 그 불편한 감정을, 남에겐 도저히 내비칠 수 없는, 그 뭐랄까 좀스러운 부끄러움을 기어코 가장 가까운 가족에게 내보이고야 만다. 그러면서 산다.

그래서 아름답다. 그래서 사랑스럽다. 소시민인 당신 그리고 나.

차가운 아버지 얼굴에 입술을 댔을 때, 아버지가 눈을 뜨실까 놀라 입술을 떼었다. 무엇보다도 아버지가 그걸 원하지 않으실 것이다. 결국 우리는 어디에도 속할 수 없다.

풍경을 풍경답게 하는 것은 나무이다. 우람하고 커다
랗게 솟은 나무 사이를 걸어가면 나무가 우주의 주인이
라는 느낌이 든다. 최초의 우주목 이그드라실의 신비가
유전되어왔을 것이다. 초록의 수혜를 어떻게 갚나. 그저
이파리들이 정성껏 햇살을 받을 때 내가 잠시 못 본 체 외
면해준 일, 그들의 집중을 깨뜨리지 않은 일, 그걸로 용서
가 되겠니.

브로드웨이의 비 오는 휴일, 가로에 빈 페인트 통 몇 개

거꾸로 놓고 드럼 치던 흑인 남자의 몰입, 정확한 음계, 행

복하고 눈물겨운 콘서트를 아시나요.

유적지에서는 마당을 파다가 유물이 나오면 흙으로 도로 덮어버린다고 해요. 서글픈 이유지만 신고를 했다가는 문화재 지역이라 빼도 박도 못한다는 거지요. 시라는 깨진 유물 하나 발굴해놓고 평생 지지부진인 지역에 살고 있어요.

가장, 제일, 전부, 최고, 절대, 이런 부사어를 자주 쓴다면 자신의 허위를 의심해보아야 한다. 그런 단어가 기만이며 허세임을 아는 게 제일이고 가장이고 최고이고 전부이다.

4
부

이유가 길면

널 좋아하지 않는다는 뜻

절망에도 순서가 있느냐. 절망을 미화하는 건 아직 절망

이 오지 않았다는 뜻.

어떤 불행은 운명이 아니라 그냥 확률일 뿐이다, 하필 그 길을 지나다가 테러를 당하고 하필 그 일을 하다가 걸려들고, 못난 아비를 만난 것도 확률일 뿐이다. 의지가 개입할 수 없는 부분은 확률이다. 그러면 조금 덜 불행하다.

현수교 높은 다리 난간에서 셀카를 찍던 사람이 아래로 떨어졌다. 순간의 몰입은 죽음도 불사하는 마력이 있으며 순간은 삶의 전 과정에 관여한다. 순간이 꼭 불행은 아니나 불행은 순간을 파고드는 이름이다.

새벽에 세찬 비가 내렸다. 젖지 않는 행복이 있을까? 그
지붕은 무사할까? 해진 마음은 여미었을까? 염려가 빗줄
기마다 타고 내렸는데 빗소리는 왜 그리 아름다웠을까.

정말 좋아하는 건 내 가까이 두지 않아요. 내게서 상하

고 다친 것들이 많기 때문이지요. 당신을 멀리 둔 일은 참

잘한 일이었어요.

아침 산책중에 딱따구리를 만난다. 모습은 없고 소리만 듣는다. 반복 또 반복, 그에게는 저 일이 노동일까. 반복은 슬픈 자들의 몫이다. 나는 얼른 자리를 옮긴다.

시인은 대상을 위해 반복하는 노동자예요. 무수한 반복

이 노동을 넘게 해요. 어느덧 저를 넘게 해요.

　날씨가 맑으면 악기의 소리는 최고조에 이른다 하지요.

겨울 공중은 악기들의 나라, 나무와 나무 사이, 전깃줄과

줄 사이, 벽과 벽 사이, 가난과 부유 사이, 허공과 바닥 사

이, 당신과 나 사이. 현을 당기면 고적한 음이 나와요. 허공

이 악보지요. 겨울의 의미를 이렇게 주시네요.

만년필에 잉크를 넣을 때, 관을 타고 검푸른 액체가 쪼
록 들어갈 때, 지적인 차오름을 느낀다. 장전하는 전사처
럼 어딘가로 향하여 발사할 준비를 하는 순간이다. 탱탱
하게 부푼 몸이 머리를 통하여 나아갈 푸른 사상을 꿈꿀
때 충만은 괜스레 저 먼저 분주하다.

　자코메티가 〈개〉를 작업한 이유였다고 한다. "그건 나예요. 어느 날 길에서 나를, 계속 뒤따라오는 나를 발견했어요. 마치 내가 개인 것처럼요". 나도 아침 산책할 때 자주 만나는 개가 있다. 한 부인이 개 세 마리를 데리고 나오는데 그중 한 마리가 나만 보면 와락 달려와 놀라게 한다. 자리를 옮기면 옮기는 곳까지 따라오곤 했다. 나는 개를 피하려고 그 부인이 보일 때쯤 다른 길로 돌아서 가기도 했는데 언제부터인가 산책을 나설 때면 먼저 그 개가 떠오르곤 했다. 개의 특이한 발소리까지 생생하게 떠오르곤 했다. 나는 내가 개라는 걸 애써 부인하려 했고 자코메티가 그걸 더 감출 수 없게 했다.

몸속에 가닥가닥 전선들이 퍼져 있었다. 시詩라는 전선. 그 끝에 닿기만 해도 깜짝 놀라며 뛰쳐나오던 언어. 어느 날 전선에 언어가 아닌 그가 닿아버렸다. 그 깜찍한 배반이 언어에 대한 평생의 복무 사유로 남을 것이다.

이유가 길면 널 좋아하지 않는다는 뜻.

　보아도 보아도 질리지 않는, 들어도 들어도 지치지 않
는, 그런 것은 존재하지 않는다. 마음이 변화를 원하기 때
문이다. 또한 변하지 않으면 마음이 아니다. 나아간다는
건 그 마음이 이동한 거리이다. 참 이상한 건 꽤 나아갔다
여기지만 돌아오는 지점은 처음의 자리를 아주 벗어나지
않았다는 사실이다. 변화를 지향함에도 불구하고 '돌아온
다'는 회귀 의식이 은연중 작용하였을까. 아니면 질문과
해답이 같은 데 본적을 두기 때문일까. 그러하더라도 도
착점과 출발점은 만나지 않아야 하리라.

맨해튼의 위쪽 지역은 치안 위험지구에 속한다. 그곳에
서 햄버거 가게에 들렀다. 매장은 두 부분으로 구획되어
직원부와 고객부 사이를 커다란 방탄유리가 가로지르고
있었다. 방탄벽을 사이에 두고 동그란 구멍으로 나는 요
금을 치렀다. 그 햄버거에는 어디서 날아들지 모르는 총
성이 숨어 있었다.

꿈에 어머니를 보았어요. 분홍꽃 핀 봄날의 뜰에서 웃고 계시는 꿈을 꾸었어요. 어머니가 저의 짐을 내려주려 오신 것 같았어요. 내가 불효한 게 아니구나, 잠시 착각할 뻔 했어요.

나에게 광화문은 책이 떠오르는 곳이었는데 주말엔 촛
불이 많았다. 책은 정靜이고 촛불은 동動이다. 아니 촛불이
정이고 책이 동인가. 그 둘이 만났으니 광화문은 스스로
이루어가는 게 있겠다.

어른들은 지그시 눈을 감으려 하고 아이들은 더 동그랗게 눈뜨려 한다. 어른들은 보고 싶은 일이 적고 아이들은 보고 싶은 일이 많기 때문이다. 두 눈은 원래 같은 눈이었으니.

낙타의 기다란 속눈썹이 잊히지 않는다. 먼지 묻은 속눈썹을 끔뻑일 때, 그 눈동자 속에 걸어온 길이 있었다. 머나먼 세월 저편으로부터 오는 축생의 아픔, 내 눈썹도 뽀얗게 먼지 묻은 듯 눈알이 뻐근했다. 인도의 신작로엔 내일도 모래 먼지 날리고 누군가가 내게 채찍을 내려친다.

초여름 저녁 무렵 금호강가에 나간다. 강변 둔치에는 시민을 위한 축구장과 인라인스케이트장과 트랙이 있고 화랑교 아래 서쪽으로는 생태공원이라 하여 잡초와 야생화들이 그대로 자랄 수 있도록 방치해둔 곳이 있다. 이곳의 풀들은 맘껏 자라 허리까지 오는가 하면 헤집고 가노라면 종아리를 스윽 베는 억센 풀들도 있다. 해가 설핏 기울 때쯤이면 어김없이 그곳에서 하루살이떼의 습격을 받는다. 무리지어 달려드는 이놈들을 여간해선 물리치기 어렵다. 손을 휘저어도 어느새 에워싸곤 해 내 산책을 망치곤 하는데 화장품 냄새 때문에 이들이 죽어라 달려든다는 것. 이곳은 원래 하루살이떼의 공간이니 추방되어 마땅한 것은 나였다. 더구나 생태공원 안에 비생태적인 나의 행보야말로 무례한 침범이었을 것이다. 생명체가 스스로 있어야 할 곳에 존재하는 것이 생태 유지의 필수 요소라면 미물처럼 보이는 하루살이떼의 저항은 자의식이었을 것이다. 생명체는 말할 수 없을 때 행동한다. 필사적이었던 그 순간이 그들에겐 일생이었던 것.

내 생일을 위해 봄볕 아래 쑥 뜯는 사람이 있다. 나는 쑥
향으로 그를 기억한다. 날짜 맞춰 떡상자를 내미는 그의
손등이 까맣게 타 있다. 나는 그의 손등과 무릎을 다 뜯어
먹은 셈이다.

드라마 주인공처럼 지금 이별한 사람들 무슨 의식儀式이나 정해진 수순처럼 바다로 뛰어가지요. 한창 파도에 몸을 맡기고 서 있지요. 바다에 다녀온 뒤 나도 그를 잃을 준비를 마쳤어요. 어떤 일에는 의식이 필요하지요. 그래요, 의식. 파도가 모래를 데려가는 데 무슨 이유가 있는 게 아닌 것과 같아요.

부레옥잠이 잎자루에 지니고 있는 공기주머니, 탁한 물 속에서도 그가 살 수 있는 건 공기주머니 속에 든 희망 때문이지요. 희망이 꼭 미래를 뜻하는 건 아니에요. 미래는 만나지 못하는 내일, 희망은 올 수 없는 어제. 우리의 의지가 선량한 동안 희망이나 미래는 구명조끼처럼 우리를 잠시 물위에 둥둥 떠 있게 할 뿐.

바지락칼국수 안에 바다가 들어와 있다. 파도를 담은 몸, 바람을 새긴 몸, 익사와 전복을 두루 경험한 몸, 그리고 한 역사가 고스란히 녹은 몸, 국물이 뜨거워야 하는 이유 이다.

만난 적 없는 어떤 사람을 강렬하게 지지하는 일은 놀랍다. 매체들이 옮겨주는 정보 속에 유독 화살처럼 꽂히는 한 존재에 열광하게 되는 일. 잠시 우리의 의식이 통제에서 놓여나는 즐거움이 있다. 공감대? 글쎄. 이끌림이라 할까. 이끌림은 맹목이어서 순수하고 맹목이어서 위험하다.

　인문학은 상처를 내면으로 돌리게 한다. 자기를 먼저 시험대에 올린다. 내부에 키우는 눈이라 할까. 삶의 근간이 되는 뼈일 것이다. 인문학이 외면받는 시대는 겉이 화려할 때이며 눈에 보이는 것이 권리를 가질 때이다. 자본의 위력이 성할 때 보이지 않는 인문학은 무력해 보이나, 보이지 않는 것이 외면되는 사회는 미래가 없다. 기름지고 화려한 음식이 어딘가에 질병을 키우는 걸 기억해야 한다. 인문학은 자기 외에 다른 것을 상하게 하지 않으려는 노력이며 인간을 향한 고요한 요청이다.

말하자면 '모차르트를 미워한다고 총으로 쏘는 게 아니라 사랑하기를 그만두는 거예요'. 에밀 아자르의 이 대목은 비폭력을 보여주는 인문학적인 사고 방향이다.

햇빛이 너무 부셔 눈을 감았습니다. 그래도 아집은 사라

지지 않아 재빨리 손차양을 만듭니다.

글렌 굴드가 피아노를 칠 때 그는 곧 피아노였다. 피아
노만 있었다. 피아노와 한몸이었다. 백건우도 그러했다.
물아가 하나라는 점은 모든 예술의 공통분모이다. 극진해
서, 유일해서, 소실점처럼 일체가 된 그 혹은 그것. 완성이
란 저 자신 홀연 사라지고 아름다움만 남긴다.

오랜 여행에서 돌아오니 집안이 향으로 가득차 있었다.

어디? 무슨 냄새일까? 빈집에서 혼자 꽃피우고 향을 채우

고 있던 행운목은 니르바나를 연상케 했다. 그후 향은 아

주 조금씩 빠져나갔다. 영혼처럼.

사랑은 오는 게 아니야 언제나 가고 있는 거야. 당신 손

을 꼭 잡고 있었는데 나중에 보니 막대기였어.

비는 수직과 하강의 속성을 가졌으나 달리는 차창의 비는 옆으로 이동한다. 우리가 원했던 보행은 어쩌면 수직이 아니라 수평이었을 것이다. 보행이 수직으로 바뀌면서 사람도 삶도 가팔라졌다. 수직은 차단이고 수평은 전개이다. 수직이 혼자라면 수평은 여럿이다. 현대 사회의 1인중심은 수직성의 결과이다.

70대의 어떤 아버님이 모는 승용차가 비탈 아래로 미끄러졌다. 다친 사람은 없었다. 크레인이 오고 젊은 아들이 와서 사고를 수습하는 동안 아버지는 겁먹은 얼굴로 다른 곳을 보고 있다. 동승했던 사람을 밝히지 못하는 눈빛은 아들 앞에서 자그마한 아이가 되어 있다.

　시 안에서 비겁할 때가 있다. 비겁을 반쯤만 드러내며 비겁에서 탈출하려는 때가 그런 때이다. 숨은 반쯤이 그를 오래도록 치욕스럽게 할 것이다.

4월 위기설이라는 말이 돌자 누군가가 쌀과 생수와 통조림들을 가득 사두라고 한다. 4월은 늘 위기였고 위기설이 돌지 않았나. 진짜 위기는 위기를 수용하는 각자의 태도에 달려 있다. 위기는 쌀과 생수와 통조림보다 염려와 배려와 믿음으로 넘는 거였다.

4월은 왜 위기였고 위기설이 많았을까. 4월이므로. 꽃들도 제 목숨을 내어놓는 시기이므로. 상처를 치유하는 빠른 방식은 바깥으로 터뜨리는 것이다. 4월은 바깥이 드러나는 시기, 바깥으로 말하는 시기. 다양한 바깥들, 그러므로 진통이다.

죽은 사람에게는 미움이 떨어져나가요. 흉악범이라도 그래요. 부재는 감정의 대상이 아니라 기억의 범주이기 때문이죠. 기억이란 것도 이미 과거태, 더욱이 부재하는 것은 아무런 힘이 없어요. 미운 사람이 있다면 부재한다고 생각할래요.

고립 속에서 배우는 것이 있다면 미세한 것, 버려진 것
들이 내는 날개 비빔의 소리를 들을 수 있다는 것이다. 자
발적 유배, 위리안치의 섬에 저 홀로 갇힌다는 건 노선에
대한 이야기이다. 시인의 노선, 시인은 자신의 노선에 회
의하지 않아야 한다. 자기가 노선이 되어야 한다. 절체절
명의 순간, 한 믿음에 이끌려 전체를 희생한다 하여도 그
선택을 기꺼이 신뢰할 수 있어야 한다.

이기적인 사람은 위기를 빠져나갈 수 있을 만큼만 절망한다. 또한 위기를 빠져나갈 수 있을 만큼의 이유를 준비한다. 비열한 것은 거짓이 아니라 계산된 가책이다.

오해란 사실 말에서 생기는 게 아니라 마음에서 생기는 것.

　내 방의 꽃병은 결국 주인인 내게서 깨뜨려질 것이다.
누구나 자신의 보호자인 동시에 파괴자이다. 우리는 자신
을 보호하는 벽의 두께만큼 울어야 할지 모른다. 살아 있
는 동안 우리는 스스로를 여러 번 파괴하고 부정할 것이
다. 그렇다고 그 이후의 변화에 대해서, 부신 햇빛의 현기
에 대해서 쉽게 수식해서도 안 된다.

거짓 교성, 그것만큼 자괴감 이는 것도 없다. 내 시가 그
와 닮았으니 이불을 뒤집어 써야 하리라.

5
부

쓸쓸한 사람들이었어요

우린 원래

위로하자면

어릴 때 종이인형을 만들어 옷을 입히고 이불 속에 재우기도 했다. 축소된 세상과의 대화였던 셈이다. 그 안에서 하지 못하는 일은 없었으나 할 수 있는 일도 없었다. 종이인형이 더이상 필요 없게 되었을 때 우리는 슬픈 성인의 위치에 온 것이다. 할 수 있는 일은 그토록 많았으나 되는 일은 없었다.

선물에는 주체와 대상이 존재한다. 선물은 생각이나 행위가 물화된 것이다. 보이지 않는 마음을 보이는 마음으로 바꾸는 비유, 선물은 또다른 언어이다. 진정성이 드러나는 점과 대신 말하는 점에서라면 시와 비슷하다 하겠다.

옥상에 올라 허술한 난간 가까이서 추락한다면 자살일까 타살일까. 어느 쪽도 아니며 어느 쪽이나 된다. 그러므로 완벽한 방법이다.

불안하지 않았다면 나는 벌써 중단했으리라. 불안하지
않았다면 나는 쉬 잊었으리라. 불안이야말로 살아남으려
는 애잔한 에너지이자 떨림이다.

다람쥐가 재빠른 것은 그의 꼬리 때문이다. 꼬리로 세상을 균형 잡는 재치, 멀리 숲을 지나다가도 꼬리가 까딱이는 것을 보고 그의 존재를 감지한다. 머리만이 살아남은 세상에서 꼬리가 환기하는 정서.

고통을 수식하거나 고통을 격앙된 목소리로 내는 것은
비문학적이다. 문학적 인식이 선행되지 않은 언어는 거짓
비명처럼 누구도 만족시키지 못한다. 내 시의 곳곳에서
들리는 괴성은 제 윤리가 감당하지 못하고 새나오는 경
박이다.

이별의 경험이 이별을 쉽게 해주었다.

트레싱지 위에 쓴 이름을 지우고 다시 쓰고. 반복을 통해 마음이 정리된다. 아무 뜻 없는 낙서를 하거나 종이를 찢는 것도 자기 정리중인 거다. 가라앉히는 기간이다. 반복하면서 치유한다.

장인들은 무수한 반복으로 자기를 연마한 사람들이다.

수련으로써의 반복은 개결한 자가 선택하는 비정치적인

방법이다.

'어느 것을 잊고 싶어?' '언제까지나 잊고 싶지 않은 것.'
지드의 말이다.

'어떤 것을 보고 싶어?' '언제까지나 볼 수 없는 것.'

'어디에 가고 싶어?' '언제까지나 갈 수 없는 곳.'

훌륭한 말은 얼마든지 좋은 패러디의 새끼를 친다. 반대
도 마찬가지다.

세상의 모든 누이는 슬프다. 그 누이가 자전거도 없이 신문배달을 마치고 들어온다. 후에 기형도는 누이한테서 석유 냄새가 심하게 났다고만 썼다. 그 말 이상의 슬픔, 그 슬픔 이상의 표현은 없을 것이다. 석유 냄새라는 말의 정점 그리고 통점. 시어의 자리.

기형도는 패랭이꽃이 지천으로 핀 방죽에서 월말고사 성적으로 받은 상장을 접어 배로 띄운다. "선생님. 가정방문은 가지 마세요. 저희 집은 너무 멀어요." 우리는 아무때나 노하지 말아야 한다. 그는 슬픈 종이배를 띄워놓았고 우리는 아직 그 종이배를 가지고 논다.

지극한 슬픔이 아름다움으로 핀 이름들, 김소월, 윤동주, 기형도, 최승자. 보상도 없이 시를 살았던 사람들. 그들을 바라보는 일은 나를 살피는 또다른 방법이다.

고향을 지나칠 때마다 죄책감이 든다. 돌아가고 싶지 않아서. 그리고 돌아가지 않을 것이므로.

자신의 뒷모습은 다른 사람이 보고 자신의 시신은 다른
사람이 거둔다. 신이 인간에게 비참 하나를 줄여주기 위
해서가 아니라 비참을 더욱 알게 하기 위해서이다.

어느 식당 입구에 세운 간판의 글 '아침에 잡은 소'.

그리고 어느 모텔 주차장에 적혀 있는 글 '아니 다녀가

신 듯 다시 오셔요'.

그 업소들은 허위와 부정을 스스로 정의한 셈이다.

몽골의 초원에서 소들이 풀을 뜯고 있었다.

누군가는 '저 소들이야말로 자유주의네' 했는데

소와 풀밭은 서로 일상이며 구속의 관계로 보였다.

헤어날 수도 없고 함께 가기엔 일생이 걸릴 지난한 삶
이 함께 있었다.

너무 넓어서 적막한 것, 너무 오래여서 아득한 것,

풀밭을 다 스쳐갈 소도 없고 소를 다 기억할 풀밭 또한
없어서

풀을 다 뜯기도 전에 소는 목이 잘리고 만다.

공동명의로 하자고 한 건 나였어요. 공동명의란 더하는
게 아니라 나누는 셈법이네요. 나무나 하늘은 나눌 수가
없는데 과거와 미래도 나눌 수가 없는데. 보이지 않는 것
들을 보이는 것으로 만들려 하다니요. 내 하늘과 별과 꽃
들은 반쪽이 되었어요.

나이를 앞세워 양보를 요구하는 일의 누추함, 나이를 앞
세워 설득을 강요하는 뻔뻔함, 양보나 설득은 상대가 선
택하고 수용하는 일이다.

기름은 기름으로 지워야 한다. 프라이팬에 엉겨붙은 기름과 싱크대를 어지럽힌 기름 자국을 세제만으로 해결하긴 어렵다. 기름은 기름으로 남는다. 기름 수건으로 기름 때를 닦는 순간 말끔해졌다. 그 원리가 클렌징 오일을 만들었을 것이다. 돌이켜 생각하면 이미 그건 우리에게 있어왔다. 이열치열, 이환제환이랄까. '이에는 이, 눈에는 눈'이라는 속된 각오들도 직핍하는 방식에 대한 대안이었을 것이다. 문학에서도 언어는 언어로, 정확하고 정직해야 하리라. 어느 시대 어느 사조를 통하여서도 언어를 벗어나서 문학일 수는 없다. 사랑이라면, 언어를 구부리고 포개고 휘감아도 좋으나 훼손하지는 않아야 한다.

눈보라 속에 있으면 내 영혼은 종종 눈보라의 것입니다.

그리고 그것은 내 편이 아니어서 좋았습니다.

지금 어디에 있습니까? 지금 무슨 생각을 하고 계십니까? 반성보다 앞서는 건 자문하는 일이다. 하루에 두 번 자문하기. 지금 있는 곳과 지금 하는 생각이 당신을 규정한다.

죽은 사람 앞에서 사람들이 갑자기 너그러워졌어요. 반성이라기보다 빠져나가려는 것이죠. 마지막에 어떤 불순물을 남기고 싶지 않은 심정. 죽음의 곳간까지 묻어가지 않기를 바라는 심정. 두려움을 씻고픈 마음. 죽음이 갖는 허무한 힘, 양쪽 다 비극이에요.

오류가 오류인 줄 모르는 사람에게 오류를 설명할 방법은 한 가지다. 오류 때문에 불이익을 겪게 하는 것. 그러나 그런 사람일수록 불이익까지 상대 탓으로 돌리기 십상이다.

추운 방에 앉아서 전기난로 하나로 견디는 일, 종일 정물처럼 있다보면 내가 사물이다. 진실로 사물이고 싶다. 그런데 사물들이 나를 받아줄까?

돌아갔던 마음들아, 벗어났던 생각들아, 가여움으로 다시 오라. 가엾음으로 바라보면 친근하지 않은 것 없다.

2017년 봄, 굶주림과 독재에 항거하는 베네수엘라의 시위, 돌과 화염병, 물대포와 최루가스, 그 낯익은 것들을 보자니 우리의 지난 시간들이 새삼스럽다. 자욱한 연기와 매캐한 냄새가 골목과 텔레비전에서 흘러나오던 때, 내일이 없을 줄 알았던 때. 내일은 오거나 오지 않았다.

옷에 밴 최루가스 냄새를 맡으며 시대를 슬퍼하던 청춘에게, 울면서 화답하던 청춘에게, 미래를 포기하면서 미래를 준비하던 청춘에게, 자취방에서 주고받던 가장 선량한 언약들. 절박해서 개인의 약속들은 서로 묻지 못했다.

얼어붙은 길 위에 다시 눈이 내려 덮일 때, 은폐의 무서움은 눈의 순수를 왜곡한다.

아침에 듣는 음악이 하루의 기분을 좌우한다. 음악은 자기 순화를 위한 가장 유려한 장르이다. 마음이 자꾸 달아나려 할 때, 많은 좋은 여러 음악 가운데서 초심을 일깨우는 음악이 있다. 바흐의 무반주 첼로 조곡, 그 앞에서는 벗어났던 마음이 맨발로 돌아와 무릎을 꿇고 앉는다.

패배한 자가 상실감을 이길 수 있다면 승자가 된다.

권리라는 것을 너무 떳떳이 요구할 때는 되려 빼앗고 싶
어진다. 주어진 것일수록 아껴서 사용하며 다 누리지 말
아야 한다. 뒤에 오는 사람의 반찬을 남겨두듯 그렇게 조
금씩 덜어서 먹을 것.

나무는 키를 키우기 위해 밑가지를 버린다. 나온 순서대
로 사라진다. 대신 안으로 나이테를 하나 둔다. 나무는 사
라짐을 기억하려 하고 사람은 살아짐을 기억하려 한다.

미움도 점점 야위어간다. 너그러워서가 아니라 감당하

지 못하기 때문이다.

의심하지 말고 의문하라. 사람에게 묻지 말고 생에게 물어라. 해답이 나오지 않을 때 우선 한 가지 방법이 있다면 자신을 부정할 것, 다시 부정할 것, 마지막으로 부정할 것. 그리고 토닥여줄 것.

큰 고통을 견디고 나서 포도 씨앗 뱉듯 투툿 이 뱉는 사람을 보았다. 이는 야성이다. 잇몸이 놓아버리도록 견디어냈다면 그는 한 생을 초극하지 않았을까. 물어뜯어야 할 생을 건너뛴 자기희생의 수련. 그러나 그러도록 우리가 가야 할 지점은 어디인가.

앞서가는 생각이나 말들은 대개 당대에서 소외된다. 그 시차는 좀체 좁혀지지 않는다. 진실 역시 수용 가능한 사람에게 허락된 가치일 뿐이다. 누구나 자신의 크기만큼 믿으므로 시차는 시차로 남는다. 시차의 간격이 넓을수록 후진적이다.

억울함을 가지고 사는 사람들의 시간은 느리고 무겁다.
해가 질 때 어떻게 하나요. 바람이 불 때 어떻게 하나요. 무
관심과 외면에 이르면 실제의 몇 갑절 힘이 든다. 이 경우
대사회적 투쟁까지 정말 어떡하나요.

때때로 그들을 잊을 준비를 하고 있는 나를 보아요. 놀라지 않으며 불안해하지도 않으려 해요. 그건 쓸쓸함에 대비하는 스스로의 방식이겠지요. 위로하자면 우린 원래 쓸쓸한 사람들이었어요.

11월. 아직 울고 있는 이름이 있어요, 그러니 조금만 기
다려주세요,

스물넷,『어디서 무엇이 되어 다시 만나랴』라는 수화 김환기의 화집을 선물받고 열차에 올랐다. 자리에 앉자마자 흥분한 채 그 화집을 보려고 애썼는데 책과 커버 사이가 너무 꽉 끼어 있었다. 보다못해 옆좌석의 한 신사가 도와주었는데 내가 커버를 잡고 그가 속책을 빼내준 것이다. 그리고 목적지에 닿을 때까지 그 신사와 나눈 김환기는 그림처럼 점점이 찍히고 있었다. 무수한 푸른 점이 빼곡히 찍혀 있는 화면에 나는 아무도 몰래 한 점 또 한 점 눈물을 떨구었는데 존재들이 가없이 슬프고 삶이 엄격했기 때문이다.

이건 어쩔 수 없는 것에 대한 간절한 부호였다. 무수

한 점이 된 시간, 어느 누구에게도 충실하지 못했던 마음이 한 점으로 자리한 듯, 익명과 익명으로 멀어진 그 신사와 나를 포함하여 바람처럼 스쳐간 사람들은 모두 어디서 무엇이 되어 다시 만날 수 있으랴. 어떤 지복이 있어 이 세상에서 단 한 점 그림을 가지게 될 행운이 온다면 나는 김환기의 이 그림을 선택할 것이다. 김광섭의 시 「저녁에」의 마지막 구절이 영감이 된, 우리는 어디서 무엇이 되어 다시 만나랴.

용서받을 수 없는 상대가 잘될 때 분노가 인다. 분노가 정당하다고 생각하는 동안 고통스러울 것이다. 더구나 상대가 용서 따위 생각도 않고 있다면 과연 용서는 가능할 것인가. 이 구조는 부조리하다. 결국 용서는 자신의 문제로 남는다. 더 진실하고자 했던 쪽, 용서를 먼저 생각하는 쪽이 늘 아픈 위치에 선다.